LA QUÊTE DE L'OISEAU DU TEMPS

LA CONQUE DE RAMOR

ISBN 2-266-02226-1

LA QUÊTE DE L'OISEAU DU TEMPS

LA CONQUE DE RAMOR

TEXTE DE LE TENDRE
DESSINS DE LOISEL

DARGAUD EDITEUR – PRESSES POCKET

QUELQUE PART, PERDU DANS LES MARAÎS DE LA MARCHE DES VOÎLES D'ÉCUME...

MAINTENANT
TOUT
PEUT ARRIVER,
MON PETIT
MAÎTRE!

C'EST AUJOURD'HUI QUE JE SORS DE MA TANIÈRE ET M'OFFRE À L'AVENTURE...
ÉCOUTES-TU, FOURREUX DE MON COEUR, HUM?
LA PRINCESSE SORCIÈRE MARA MA MÈRE, S'EST ENFIN DÉCIDÉE.
CE SERA...

DRÜ...
ELLE M'A CONFIÉ UN MESSAGE À REMETTRE AU LÉGENDAIRE CHEVALIER BRAGON...
... LEQUEL, SI SA RÉPUTATION EST TOUJOURS DE MISE, ACCOURRA À SON APPEL. ALORS, POUR NOUS, LA PLUS HASARDEUSE DES ENTREPRISES JAMAIS VUE SUR AKBAR COMMENCERA...
DRÜ DRÜ
LA QUÊTE DE L'OISEAU DU TEMPS!

MAIS SUFFIT !.. LE TEMPS PRESSE. IL FAUT FAIRE VITE... MARA ATTEND NOTRE RETOUR ET...

... AVEC ELLE, C'EST TOUT AKBAR QUI RETIENT SON SOUFFLE !
JE SELLE LE LOPVENT ET NOUS PARTONS !

DOUX, LOPVENT... DOUX...
SAÎS-TU, FOURREUX, QUE JE TIENS LÀ LE PLUS BEAU RÔLE DE MA VIE ?
LE SAIS-TU, MON PETIT MAÎTRE ?...

KROO
KRO
KRO
KRO
KROOO
DRÜ
KROO
KROOO
KRO
2

Il était une fois, sur la turbu-lante AKBAR, au cœur des hauts-plateaux du Médir, un refuge que tous les in-fortunés tentaient de rejoindre: LA FERME DU CHEVALIER BRAGON...
DEHORS SE NOUAIENT LES DRAMES...
JE SUIS PERDU! LA FERME EST TROP LOIN!
... DEDANS, L'ORDRE SEM-BLAIT RÉGNER!
JE T'AI VU TRICHER, TOURET!
IL EST INTERDIT... TU ENTENDS!.. INTERDIT... DE FAVORISER SON CHAMPION!! CECI EST UN TOUR-NOI!.. PAS UNE...
MAQUET! FICHU BAVARD!.. DIS PLUTÔT QUE TU AS ENCORE PEUR DE PERDRE! AH AH...

HUMPF!
TUE, PETIT ASSASSIN! MA FORTUNE EST DANS TON GLAIVE!!
SUS! FENDS LUI LA CARAPACE! ...ÉCARTE LUI LES CHAIRS!!
TU N'AS PAS LE DROIT, TOURET! LAISSE-LES COMBATTRE EN PAIX!!
TOURET! MAGUET!! CRASSEUX FAINÉANTS! CESSEZ VOS STUPIDITÉS!!
AÏE! L'INTEN-DANTE!!
PAR MON CORDON! CROYEZ-VOUS QU'ON VOUS PAIE POUR VOUS AMUSER? ...OÙ EN EST CE TRAVAIL DE CHARPENTE?
HEU...

PRENEZ EXEMPLE SUR MOÏ, RUSTAUDS!.. C'EST LE TRAVAIL QUI A FAIT DE MOI CE QUE JE SUIS!
LE TRAVAIL DES AUTRES OUI!!
SUFFIT, BAVARD!
BON. QUE DIT L'HORIZON, CE SOIR ?
?!
!?
HORREUR! UN...UN TRIVULGE!!
SA PROIE NOUS RÉCLAME!! REGARDEZ!
EN CES TEMPS LÀ, IL ÉTAIT RARE DE VOIR UN TRIVULGE RODER AUTOUR DE LA FERME...
EH, JE LA RECONNAIS!!
C'EST LE VIEUX DES BOIS!
MAIS IL ÉTAIT ENCORE PLUS RARE D'EN VOIR UN LACHER SA PROIE!

AUSSITÔT, DERRIÈRE LES REMPARTS, L'ALERTE AVAIT ÉTÉ DONNÉE...
TOURET! MAGUET! VITE! PRENEZ LES FOURCHES! DISTRAYEZ LA CHARGE DU MONSTRE!
LE MAÎTRE! LUI SEUL PEUT ENCORE SAUVER LE VIEUX DES BOIS!!
OUVREZ LA PORTE!!
VITE!! P-PAS... PAS UNE SECONDE À PERDRE!
OR, AU MÊME INSTANT, BEAU-COUP PLUS HAUT, DANS LE CIEL...
ÉVEILLE-TOI, FOURREUX. NOUS SOMMES ARRIVÉS!
DRÜ...
REGARDE. LA PEUR ET LE SANG NOUS ONT PRÉCÉDÉS!

...ET DANS LE CALME DE LA GRANDE SALLE DE LA TOUR...
... SOUDAIN, ... L'ABOMINABLE GÉANT DES NEIGES SE RUA SUR MOI!..
...J'EMPOIGNAI MA FIDÈLE FAUCHEUSE ET ALORS...
ALORS!.. ?
MAÎTRE !!!
EH BIEN, DAME LISTELLE, QUEL TOURMENT VOUS AGITE? CE CO-QUIN DE TOURET VOUS AURAIT-IL FRIPÉ LES JUPONS, MH?..
C'EST AFFREUX, MAÎTRE!.. ON.. ON ASSASSINE À VOTRE PORTE!!.
À MA PORTE?!
PAR LES CROCS DU BORAK! QUI OSE ?

CEPENDANT, AU PIED DES FORTIFICATIONS, TOURET ET MAGUET TENTAIENT L'IMPOSSIBLE...
NON!.. IL BOUGE ENCORE!
PRUDENCE! TOURET, PRUDENCE!
ET, AVANT QUE MAGUET AIT EU LE TEMPS DE FAIRE LE MOIN-DRE GESTE...
NON! ATT...

TROP TARD!
RAHA
QUAND SOUDAIN!..
RECULEZ! JE VAIS LUI PARLER!!
AHOO! ARRIÈRE CUIR BOUILLI!
? HEIN?
DE LA
DE QUEL DROIT CHASSES-TU HORS DE TON TERRITOIRE?

RECULE !..
RECULE JUSQU'AU VENTRE BRÛLANT DE TA FEMELLE !!
JE SUIS PELISSE !
LA FILLE DE LA PRINCESSE-SORCIÈRE MARA !
SANG ET FUMÉE
MARA...
UNE FILLE !!
...UNE FOLLE !
MAIS ALORS !.. SON FOUET !.. C'EST...

?! QUI EST CETTE DONZELLE ?
NE ME CONNAISSEZ-VOUS PAS, TOI ET LES TIENS, AVEC QUI MA MÈRE A CONCLU ALLIANCE ?
BRAA...
MAIS... MAIS ELLE EST FOLLE !! ...ARRÊTE-LÀ TOURET !
JE... REGARDE ! LE MAÎTRE ARRIVE !!
DRÜ !
?
BRRAAA
SOUDAIN, LE TRIVULGE REBELLE S'ÉTAIT DRESSÉ DE TOUTE SA TAILLE !... C'ÉTAIT L'ATTAQUE !
RECULE ! SINON...

CLAC!
AUSSITÔT AVEC UNE PRÉCISION FOUDROYANTE.
VOICI LE PRIX DE TON AUDACE!
ROOOWAGGRR...
SHiiiiii
ALORS... ÇA BRÛLE!

? QUEL EST CE PRODIGE, MAÎTRE ?
HÉ, HÉ ! CE N'EST PAS UN PRODIGE, MAGUET... C'EST UN FOUET ARDENT !
DE CHAQUE CLA- QUEMENT JAILLIS- -SENT DES BRAISES...
JE T'AVAIS PRÉVENU ! ARRIÈRE !
... QUI PERFO- -RENT ET DÉVORENT TOUTE MATIÈRE !
IL A ÉTÉ TRESSÉ PAR LA MÈRE DE CETTE GAMINE, BRIN SUR BRIN, AVEC LA LAN- -GUE D'UN BORAK QUE J'AI MOI-MÊME ÉTRIPÉ... IL Y A... HUM ... BIEN LONGTEMPS...

MAÎTRE! LE VIEUX DES BOIS IL VOUS RÉCLAME!..
...BRA... GON...
?
... BRAGON... ÉCOU
RACINES SACRÉES
-VOILÉ L'AVENIR... UN
OMBRE RODE
AKBAR!...
... SEULEMENT...
SEULEMENT, CE JOUR-LÀ, TU TROUVERAS LA FOLIE EN RÉCLAMANT LA MORT

PARLE MON AMI...
...QUEL CUL!..
TOÏ BRAGON, TU LA COMBAT-TRAS JUSQU'AU BOUT... ET ELLE PÉRIRA QUAND... QUAND LES LUNES D'AKBAR SERONT ROUGES ROUGE-SANG !
...OUÏ... LA MOORRRT...

MAGUET... QUELLE EST LA COULEUR DES LUNES D'AKBAR ?
...? DES LUNES ?..
OUI. LES LUNES !
...EUH
ELLES SONT JAUNES MAÎTRE, ET JAMAIS ON NE LES A VUES AUTREMENT !..
BIEN.
...LA FOLLE !
Wouu !
ALORS QU'ON L'ENTERRE LUI ET SES IMAGES DE MALHEUR... JE NE VEUX GARDER QUE CELLE DE SON COURAGE !

CHEVALIER BRAGON !
Loisel
NE PERDONS PAS DE TEMPS ! LA PRINCESSE-SORCIÈRE MARA, MA MÈRE. A DU TRAVAIL POUR TOI ! ...ES-TU PRÊT ?
!?
AÏE !.. APRÈS LE TRIVULGE, LE MAÎTRE !!
SUPERBE !
HUMF !
NUL SUR AKBAR N'IGNORAIT LA SUSCEPTIBILITÉ DU CHEVALIER BRAGON...

ÉCOUTE MOI BIEN GAMINE!.. FILLE DE MARA OU NON, JE NE SUPPORTERAI PAS QUE... QUE...
...ET IL FALLAIT UNE FIÈRE AUDACE A PÉLISSE POUR OSER AINSI LE PROVOQUER

? AU FAIT,... QUI EST TON PÈRE ?
DRÜ...
QUI SAIT BRAGON!.. PEUT-ÊTRE TOI, MHH ?..
IL SE FIT UN GRAND SILENCE !
LENTEMENT, COMME LA NUIT QUI ENVAHISSAIT LE CIEL D'AKBAR, LA COLÈRE, ELLE, ÉTOUFFAIT BRAGON !..
IL VENAIT D'ÊTRE TRAITÉ COMME JAMAIS !

APRÈS TOUTES CES ANNÉES DE SILENCE ET D'OUBLI, VOILÀ QU'ELLE M'ENVOIE SA... BATARDE ME PRO-VOQUER!.. CHEZ MOI! DANS MON ERMITAGE!!
J'ENRAGE!
CALME MON PETIT MAÎTRE CALME...
DRÜ!
C'EST UN FOURREUX... MARA DIT QU'IL A D'ÉTRANGES POUVOIRS!..

PAR LES CROCS DU BORAK! MARA SE MOQUE DE MOI!
MOI ?! UNE BATARDE!
DRÜ!
BRAGON! JE NE TE PERMETS PAS...
DRÜ! DRU!
AH SILENCE! TOI, ET TON... TON BESTIAU!
BAH! POUVOIRS, MAGIE, SORTILÈGES!.. OUI! JE RE-CONNAIS BIEN LÀ LES ARTIFICES DE MARA!..
...JE NE SUIS PLUS UN JOUVENCEAU...
...QU'ON ENVOÛTE ET QU'ON CHASSE À LA PREMIÈRE QUERELLE, MOI!!
DRÜ...

JE SUIS ENCORE BRAGON ... LE CHEVALIER BRAGON !
MOUI... ENFIN... J'ÉTAIS...
PARCE QUE MAINTENANT... HEIN !..
MAINTENANT, IL NE DÉPEND QUE DE TOI POUR LE REDEVENIR...
?

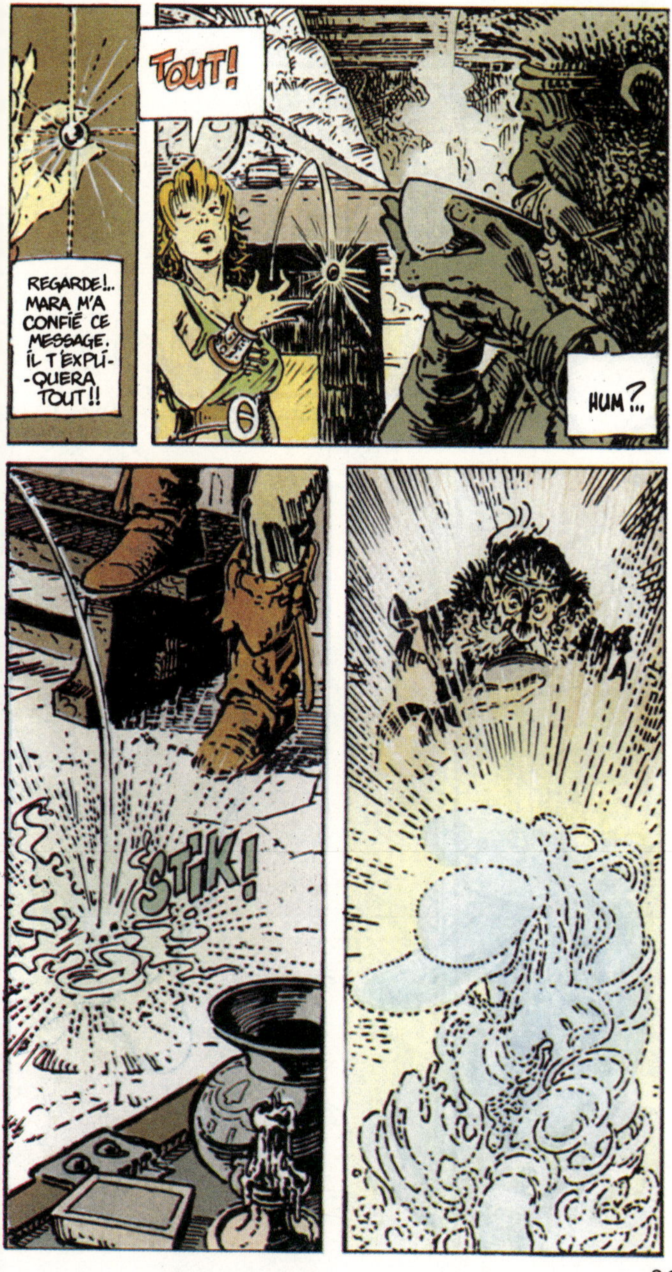
REGARDE!.. MARA M'A CONFIÉ CE MESSAGE. IL T'EXPLI-QUERA TOUT!!
TOUT!
HUM?..
STIK!

MARA!
AUX TEMPS ANCIENS...

MARA JE... TU...
INUTILE, BRAGON! ELLE NE T'ENTEND PAS! COMME JE TE L'AI DIT CE N'EST QU'UN MESSAGE!
AH!... BON...
MOI, MARA, PRINCESSE-SORCIÈRE DE LA MARCHE DES VOILES D'ÉCUME SALUE LE TRÈS PUISSANT CHEVA-LIER BRAGON, ET L'INFORME!
...REGARDE!
?
LES DIEUX RÉGNAIENT EN BONNE ENTENTE SUR AKBAR...

LEUR MAGIE ÉTAIT PUISSANTE ET RESPECTÉE
CEPENDANT, UN JOUR L'UN D'ENTRE EUX TENTA DE RENVERSER SES PAIRS POUR S'EMPARER DU POUVOIR - FORCE!
SA FÉLONIE FUT DÉVOILÉE ET ÉCHOUA!!

IL S'APPELAIT RAMOR!
AVEC L'AIDE DE LEUR GRIMOIRE, LES DIEUX LIBÉRÈRENT UN TERRIFIANT ENCHANTEMENT!

LES FORCES MAGIQUES S'AFFRONTÈRENT DANS UN COMBAT DÉMONIAQUE !
LONGTEMPS APRÈS, LES DIEUX, VIEUX ET FATIGUÉS, SE RETIRÈRENT DANS UN MONDE SECRET...
IL GRANDISSAIT EN HAINE ET ATTENDAIT L'HEURE FATALE DE LA DÉLIVRANCE !!

FINALEMENT, RAMOR FUT TERRASSÉ. VAINCU PAR LE POUVOIR DE L'ENCHANTEMENT !
FOU DE RAGE, IL FUT ASPIRÉ AU COEUR D'UNE CONQUE, SA PRISON !
LAS !... RAMOR, OUBLIÉ DANS LES MÉANDRES DE LA CONQUE, DEMEURA !
ET CETTE HEURE APPROCHE... ! ALORS LA DESTRUCTION ET LA MORT DOMINERONT AKBAR
L'ENCHANTEMENT QUI RETIENT PRISONNIER RAMOR LE MAUDIT S'ACHÈVERA... LA NUIT DE LA SAISON CHANGEANTE !
13

?... LA NUIT DE LA SAISON CHAN- -GEANTE !!. MAIS ... C'EST DANS..
?
MOI, MARA, J'AI RETROUVÉ LE GRIMOIRE DES DIEUX ET L'AI DÉCHIFFRÉ...
... L'ANTIQUE INCANTATION QUI LIA RAMOR À LA CONQUE M'EST ENFIN ACCESSIBLE !

ERSONNE! AURAIS URTANT RÉ QUE...
MAIS DANS LA CONQUE SON POUVOIR EST NUL !... IL FAUT LES RÉUNIR POUR QUE JE PUISSE COMMENCER L'INCANTATION !...
MAIS MÊME ALORS IL SERA TROP TARD... CAR L'INCANTATION EST LONGUE... TROP LONGUE !.. JE N'AURAI JAMAIS LE TEMPS DE L'ACHEVER AVANT LA NUIT DE LA SAISON CHANGEANTE !
JE T'APPELLE À MON AIDE COMME CHEVALIER DE COEUR ET DE BRAS...
HUMPH!
... POUR RÉALISER MON UNIQUE ESPOIR DE SAUVER AKBAR!
BAH!.. LA GLOIRE, COMME L'AMOUR, EST VAINE SI ELLE N'EST PAS ENTRETENUE...

HEIN? JE... JE...
IL N'Y A PAS DE "JE" QUI TIENNE, FAI-NÉANT... VA DONC CHER-CHER DU BOIS!

LA QUÊTE DE L'OISEAU DU TEMPS!
?... QU'EST-CE QUE TU FAIS LÀ, TOI?
OUI...OUI DU BOIS!.. C'EST ÇA!.. DU BOIS!
SEUL, L'OISEAU DU TEMPS ME PERMETTRA D'ARRÊTER LE TEMPS... ET AINSI D'ACHEVER L'INCANTATION... MAIS D'ABORD...
...LA PREMIÈRE ÉPREUVE DE LA QUÊTE DE L'OISEAU DU TEMPS SERA DE ME RAMENER LA CONQUE DE RAMOR!.. SEULEMENT...

SEULEMENT LES DANGERS SERONT INNOMBRABLES !!
BEN VOYONS!
LE PRINCE-SORCIER DE LA MARCHE DES TERRES ÉCLATÉES, SHAN-THUNG, LA GARDE JALOUSEMENT. IL FAUDRA LE CONVAINCRE DE TE LA CÉDER... DE GRÉ OU DE FORCE !!
LE SORT D'AKBAR EST DANS TES MAINS BRAGON
JE T'ATTENDS .....
VOILÀ... TU SAIS TOUT BRAGON...

UH... LE BOIS, EST BIEN...
DRÜ...?
ASSEZ PERDU DE TEMPS! PLACE!!
...ICI...?
?!
QUELLE BRUTE! IL VOUS A FAIT MAL?
HEIN?... OH OUI... J'AI UNE BOSSE, LÀ! UNE GROSSE
OÙ ÇA... JE NE VOIS RIEN?..
MOI, SI. TOUT!.. RRHH..
OH!

PAF!
?... BRAGON!
RETOURNE À LA FERME, TOI!.. POUR CE GENRE DE DISTRAC-TION, JE N'AI PAS BESOIN D'UNE GAMINE! FOIN DE PUCELLE!
PUCELLE? VRAIMENT... ALORS MA VIRGINITÉ NOUS PORTERA CHANCE!

BRAGON ! ATTENDS-MOI !
?! PÉLISSE !
HOULAA !.. ELLE ME LE PAIERA, FOI DE TOURET ! OUAIS !
SANG ET FUMÉE !! ELLE A RAISON !

PLUS TARD, AUX CONFINS DES HAUTS-PLATEAUX DU MÉDIR...
PRUDENCE ! NOUS ENTRONS DANS LE PAYS DES SEPT MARCHES !
BRAGON CONNAISSAIT LA ROUTE !.. LA PREMIÈRE DES SEPT MARCHES ÉTAIT LE ROYAUME DES GRIS GRELETS... SON PRINCE-SORCIER S'APPELAIT SHAN-THUNG ...
..ET SON NOM ÉTAIT...

LA MARCHE DES TERRES ÉCLATÉES!
IL SAVAIT AUSSI QU'IL N'Y AVAIT PAS DE TEMPS À PERDRE...
BRAGON!... LES LOPVENTS N'EN PEUVENT PLUS!!

LÀ! UN ABRI LA GROTTE SACRÉE DES GRIS GRÊLETS!
PAS UN DE PLUS!
IL NE RESTAIT QUE NEUF JOURS AVANT LA NUIT DE LA SAISON CHANGEANTE!
LA TEMPÊTE NE LAISSAIT AUCUN CHOIX À BRAGON ET À PÉLISSE! ILS POUSSÈRENT LEURS LOPVENTS VERS LA GROTTE SACRÉE... SANS IMAGINER QUE LEUR VENUE ÉTAIT REMARQUÉE...

LÀ! DES ÉTRANGERS! ILS ENTRENT DANS LA GROTTE SACRÉE!
MÈRE-FOUDRE! IL FAUT LES EN EMPÊCHER!
?COMMENT ON EST SEULES SANS ARMES...
...ET NOS OFFRANDES?
TANT PIS! ELLES ATTENDRONT! ...IL FAUT PRÉVENIR ZA-RHIM! VITE!
LUI SAURA! QUOI FAIRE!
BRAGON!

JE N'AIME PAS CET ENDROIT... IL Y RÈGNE UNE ... UNE ODEUR DE MORT...
PARTONS!
TROP TARD! COMME TU L'AS JUSTEMENT DIT LES LOPVENTS SONT À BOUT!..
ET MOI AUSSI! JE NE REPAR-TIRAI QUE LORSQUE LA PLUIE AURA CESSÉ!
BON. D'ACCORD... INUTILE DE TE FÂCHER!.. DIS-MOI PLUTÔT OÙ NOUS SOMMES?
JE NE ME FÂCHE PAS!!.

NOUS SOMMES DANS LA GROTTE SACRÉE, LE SANCTUAIRE DES GRIS-GRELETS... C'EST ICI QU'ILS VIEN- -NENT MOURIR...
POURQUOI DANS CET ENDROIT ?
PARCE QUE POUR RENAÎTRE, IL LEUR FAUT LE LIEU D'UNE NAISSANCE... LE VOICI!.. LA SOURCE DU FLEUVE DOL!
HI! HI!
CEPENDANT PLUS BAS, À FLANC DE MONTAGNE...
DEUX ÉTRANGERS PROFANENT LA GROTTE SACRÉE
?!

IL FAUT LES TUER ZA-RHIM !
LEUR PRÉSENCE EST UN SACRILÈGE !
ASSEZ !
L'UN D'EUX EST-IL UN HOMME... UN CHEVA--LIER BARBU ?
ET SI OUI... ALORS... SHAN-THUNG L'AVAIT PRÉDIT !..
UN RIRE ?

OUI. JE L'AI ENTENDU AUSSI... IL COURAIT PAR LÀ... QUELQUE PART SUR L'EAU
.. HI... HII...
ÇA RECOMMENCE! LÀ-BAS! ÉCOUTE!!
HI...
HI..HI
?
HI! HI! HI!
TU VOIS QUELQUE CHOSE?
LÀ REGARDE!
SOUDAIN UNE FORME BONDISSANTE AVAIT SURGI DES PROFONDEURS DE LA GROTTE

ET...
DOUDI, DOUDI! HI, HI! UNE POIGNÉE D'ÉCU-ME SUR UNE POI-GNÉE DE FLAMMES, ...
?!
LE MARTEAU SUR L'ENCLUME, LA FOUDRE DANS LA LAME !
MAIS D'OÙ SORT CE BRIMBORION ?
QUI, DITES MOI QUI, DU VER QUI RONGE OU DU FRUIT QUI POURRIT...
SAGE FOURREUX
DRÜ! DRÜ!
...EST LE PLUS DANGEREUX ?
?... MAIS QU'EST-CE QU'IL DIT ?
JE NE SAIS PAS, MAIS IL EST DRÔLE

HI! HI! QUESTION SANS RÉPONSE AMÈNE COUP DE SEMONCE!
SAVEZ-VOUS QUI JE SUIS, HOMMES?
OUI! UN BAVARD!!
HI! HI!
DRÜ...
NENNI, NENNI!.. PAS BAVARD, NI VANTARD!.. DU HAUT DE MON TRÔNE, BELLE, JE RÈGNE EN FOU SUR LE FLEUVE SAGE...
...SUR LE FLEUVE DOL!
CE GRINGALET SE MOQUE DE NOUS!
JE M'EN VAIS TE LUI TIRER LES OREILLES!!
VRAIMENT?

Hi! Hi DOUDI, DOUDI!
MON NOM EST FOL!..
J'AI EN TÊTE UNE ÉPONGE GORGÉE DE SUCRERIES!..
TOUT POUR ÊTRE HEUREUX!
MH..
PAS VOUS?

MA BARBE? IL M'A VOLÉ UN POIL DE MA BARBE!!
PETIT ÊTRE MALSAIN! TU VAS ME PAYER CE POIL SUR TA PERRUQUE!
HA! HA! LE DROLET A TOUCHÉ JUSTE!
NUL NE ME CONNAIT, TOUS M'IGNORENT! EH, CET HAMEÇON VAUT DE L'OR!
DOUDI! DOUDI!
REVIENS!
HI! HI!
VIL COQUIN! ATTENDS UN PEU QUE JE T'ATTRAPE!
HA! HA!

PFUIT! PFUIT! TA TÊTE EST-ELLE SI ENFLÉE QU'IL LUI FAILLE UNE CEINTURE ?
...UN MOT DE PLUS... ET JE..
BRAGON ! ATTENTION IL VA...
HALOO ! HALLOO ! FOL DE DOL RÉCLAME SON TRÔNE À LA NATURE !
RRR...
...JE..
?
PLOUF !

VITE ! BRAGON VIENS M'AIDER ! LE COURANT EST TROP FORT !!
AU... SECOURS !
BLOUB...
...MAUDIT COURANT !
N'INSISTE PAS, PÉLISSE ! JE M'EN OCCUPE !!
RR...
BLOUB
...TROP TARD !...
MAIS AUSSITÔT, BEAUCOUP PLUS BAS...
?
?.. VOUS ENTENDEZ ?
HI... HI... HI

ET PEU APRÈS, DANS LE CALME RETROUVÉ...
LE CIEL M'EST TÉMOIN QUE JE N'AI PAS VOULU ÇA!
PARTONS BRAGON...
AU MÊME INSTANT DANS LES REMOUS DE LA CHUTE
...UN CURIEUX PHÉNOMÈNE SE MANIFESTAIT!...
HI! HI!
LA COLÈRE DU FLEUVE!
FUYONS!

NON! NE CRAIGNEZ RIEN. C'EST UN SIGNE!
EN EFFET...
?!
?!
DOUDI!..
DOUDI!
? FOL! VIVANT!!
...DOUDI!... ALLONS ALLONS! JE RÉPÈTE! QUI, DITES-MOI QUI, DU VER QUI RONGE OU DU FRUIT QUI POURRIT EST LE PLUS DANGEREUX?
C'ÉTAIT DONC VRAI! IL COMMANDE AU FLEUVE DOL!

VITE VITE! UNE RÉPONSE!
TU VAS L'AVOIR SALE PETIT FAISEUR! JE NE CONNAIS RIEN DE PLUS POURRI ET DE PLUS PER-VERS QUE TA CERVELLE RABOUGRIE! CABOTIN!
FAUX! FAUX! FAUX!
FLÉAU DE L'ONDE À LA RESCOUSSE POUR LA GRANDE SECOUSSE!!
HI! HI! DOUDI DOUDI!..
? MILLE FURIES! QU'EST-CE QUE..
DE LA MAGIE!
A CET INSTANT PRÉCIS LES GRIS-GRELETS, GALVANISÉS PAR ZA-RHIM, GRAVISSAIENT LA PAROIE...
PLUS VITE! IL NOUS LES FAUT VIVANTS!

ALORS QUE...
QUE LE SPECTACLE COMMENCE !
DE LA MAGIE ?..
...FORT BIEN ! MA FAUCHEUSE SAURA LA TRANCHER !
...ET QUE LA MORT MÈNE LA DANSE !!
JE SUIS AVEC TOI BRAGON !

LA FAUCHEUSE AVAIT JETÉ UN ÉCLAT FUNÈBRE ENTRE LES MAINS DE BRAGON...
NON, SEUL !
HI! HI!
FOL !.. TA PLAISANTERIE A ASSEZ DURÉ !
PLUS FOU QUE FOL EST L'IGNO-RANT QUI MUGIT DANS LA TEMPÊTE !
SOUDAIN UNE NOU-VELLE CHARGE DÉFERLA ET...

HAN!
CLAC!
BRAGON LAISSE-LE MOI!
SANG ET FUMÉE!.. L'ACIER LUI PASSE AU TRAVERS DU CORPS! CETTE...CHOSE EST INVULNÉ..!
OUK!?
MALHEUR! MON FOUET ARDENT EST SANS EFFET CONTRE L'EAU!

RÂLE ET GLOUSSE!
ET CE FUT L'HORREUR!..
IL Y PERDRA LE SOUFFLE, L'ORGUEIL SUIVRA PUIS LA TÊTE!!
LE CHOC AVAIT BALAYÉ BRAGON! SEULE PELISSE POUVAIT ENCORE LE SAUVER...
BLL...RRH...
TIENS-BON BRAGON!..

BRAÇON!
HAAA
24
J'ARRIVE!
DRÜ?
CRAMPONNE -TOI, FOURREUX!
...BLOUB... NON!.. PÉ...LISSE! BLL...

ALORS... SAVEZ-VOUS BIEN!... LE FRUIT OU LE VER?... LE FRUIT, OU LE VER?...
MAIS PÉLISSE, EMPORTÉE À SON TOUR PAR LE TOURBILLON NE POUVAIT PLUS RÉSISTER! ELLE TROUVA POURTANT ENCORE LA FORCE DE RÉPONDRE
A... ASSEZ FOL!... GARDE TON... VER ET TON FRUIT... BLL... POUR LES JOURS... BLLOUB... DE DISETTE!
BONNE RÉPONSE! BONNE RÉPONSE! HI! HI!
FLÉAL DE L'ON RETOUR À TON OUBLI!...
BLL

AUSSITÔT LA MAGIE S'ÉTAIT BRISÉE ET...!
CELUI QUI A FAIM NE SE POSE PAS DE QUESTIONS SUR LE FRUIT, LE VER, ET LEUR DIGESTION!..
?
?
DOUDI! DOUDI! ...COMME CELA EST BIEN DIT HI! HI!..
DRÛ!
NE LACHE PA BRAGON!
ET QUELQUES INSTANTS PLUS TARD...
RIEN DE CASSÉ, BRAGON?
Si...
...MON ORGUEIL!

PEU APRÈS, UNE FOIS BRAGON ET PÉLISSE REMIS DE LEURS ÉMOTIONS...
BRAVES ET SAGES VOILÀ QUI EST MIEUX! CETTE FACÉTIE NE VOULAIT QUE VOUS OUVRIR LES YEUX!
MAIS QUI... DITES-MOI QUI... DU MODÈLE OU DU MIROIR RÉFLÉCHIT LE MIEUX?..
SPLICH!
DOUDI! DOUDI!
Hi! Hi!..
PLOUF!
SPLICH!
SPLICH!
QUEL ÉTRANGE PERSONNAGE!
ÉTRANGE OUI...
...ET DANGEREUX!...

BAH ! SI SON HONNÊTE FOLIE POUVAIT CHOISIR UN CAMP HON-NÊTE, MARA AURAIT LÀ UN PRÉCIEUX ALLIÉ.
OUI DÀ ! CE DÉMON PORTERAIT HAUT LA BANNIÈRE... MAIS À L'ENVERS !!
N'EMPÊCHE ! TANT QUE TU AURAS UNE BONNE RÉPONSE À DONNER À SES ÉNIGMES, NOUS N'AURONS RIEN À CRAINDRE DE LUI...
PARTONS MAINTENANT... MARA NOUS ATTEND !

IL ÉTAIT TEMPS DE PARTIR... LES GRIS-GRELETS N'ATTENDAIENT PLUS QUE BRAGON ET PÉLISSE...

BIEN... NOUS SOMMES PRÊTS !
UN INSTANT CHEVALIER IL RESTE ENCORE UN... DÉTAIL À RÉGLER...
AH!... OUI JE VOIS...

...LES LOPVENTS, N'EST CE PAS?
OUI CHEVALIER... LES LOPVENTS.
?..MAIS DE QUOI PARLEZ-VOUS?..

HUM... VOILÀ... EN RENTRANT DANS LEUR GROTTE SACRÉE, NOUS L'AVONS PROFANÉE... EH BIEN... C'EST CLAIR, PÉLISSE... IL NOUS FAUT RÉPARER!
?... RÉPARER!... TU VEUX DIRE... UN SACRIFICE!?
EXACT!
JE VOIS QUE TU ES MAINTENANT PRÊT À ACCEPTER NOTRE TRADITION, BRAGON... ET JE SUIS HEUREUX DE CONSTATER QUE LE TEMPS OÙ TU M'AURAIS RÉPONDU L'ARME AU POING EST DÉSORMAIS RÉVOLU... VOILÀ QUI EST SAGE!!
MILLE FURIES!.. IL SE MOQUE DE MOI...
BON. ASSEZ DE SIMAGRÉES, ZA-RHIM... EXÉCUTE TA SALE BESOGNE!
LOK-THAR! OCCUPE-TOI DES OFFRANDES!
AH! ÇA SUFFIT!
?
RECULEZ VOUS AUTRES! LES LOFVENTS NE VOUS SUFFISENT DONC PAS?

ZA-RHIM! DIS A TES GRIS-GRELETS D'ARRÊTER SINON..!
PAIX...
IL FALLAIT S'Y AT-TENDRE BRAGON!.. C'EST LA SAISON DES BASSES DOULEURS!
SANG ET FUMÉE!.. LA SAISON DES BASSES DOULEURS!
LE COMBLE!!
AUSSITÔT BRAGON S'ÉTAIT PRÉCIPITÉ...
LÂCHEZ-LA! BANDE DE SANGSUES
S LE TEMPS DE EXPLIQUER PÉLISSE. ETS-TOI ÇA SUR DOS...
LES CITES!
?... MOI ... LES EXCITER?
MAIS... AVEC QUOI?
ON SE LE DEMANDE!

PEU APRÈS...
C'EST FAIT, ZA-RHIM ...LA PROFANATION EST EFFACÉE
BIEN!.. INUTILE DE NOUS ATTARDER... PARTONS.
TOUTE LA JOURNÉE LA PETITE TROUPE AVAIT SUIVI EN SI-LENCE LE COURS DU FLEUVE DOL...
...ELLE S'ÉTAIT ENFON
-CÉE DANS LES PRO
-FONDEURS DE LA
MARCHE DES TERR
ÉCLATÉES...
ET ENFIN AUX ABORDS D'IR WEIG...
?
CONTINUEZ SANS MOI JE VAIS VOIR!

BRAGON REGARDE !
!?
DES GUERRIERS LLIRS!! L'UN D'EUX VIENT SUR NOUS !
NON ! NE TENTE RIEN... IL EST AU SERVICE DE SHAN THUNG !
HEIN ?
NOTRE PEUPLE EST FAIBLE BRAGON...
?!
LES GUERRIERS LLIRS ÉTAIENT RÉPUTÉS POUR ÊTRE LES PLUS REDOUTABLES MERCENAIRES JAMAIS VUS SUR AKBAR !...
ET LEUR CHEF NE POUVAIT ÊTRE QUE LE PIRE DE TOUS
...ET LA GUERRE EST PROCHE !
C'EST PAS VRAI !!
28

HOLA, MAÎTRE ZA-RHIM!
QUELLE SUR-PRENANTE CONTRÉE QUE LA VÔTRE!
ALORS QUE MA PATROUILLE Y DÉNICHE UN FOU... VOUS, VOUS NOUS RAMENEZ LA FINE FLEUR DE LA CHEVALERIE!..
CE VIEUX BRAGON EN PERSONNE!
?
PAIX, BULROG! ILS SONT LES HÔTES DE SHAN-THUNG!
?! BULROG!
?... TU CONNAIS CE FIER CHE-VALIER, BRAGON?

PÉLISSE, UN CHEVALIER N'EST JAMAIS UN MERCENAIRE ! PISH !.. CE RUSTAUD VELU FUT DE MES ÉLÈVES LE PLUS PENDARD !..
...SON CUL PORTE ENCORE L'EMPREINTE DE MES LEÇONS !
...AH !..
QUI EST FOU DONT AS PARLÉ ULROG ?!?
JE N'EN SAIS ENCORE TROP RIEN SINON... QU'IL EST HOMME..DONC..FOU !
CAR TOUS CEUX DE CETTE RACE LE SONT !..
N'EST-CE PAS VIEIL HOMME !

DIS, BRAGON TU ME LE PRÉSENTES TON BEAU "MERCENAIRE"
BEAU? ...LUI... HA! HA!
DRÜ...
IL ÉTAIT DÉJÀ SI LAID, GAMIN, QU'IL S'EST ENFIN DÉCIDÉ A PORTER UN MASQUE
N'EST-CE PAS... BEAUTÉ!
?
TU AS FAIT UNE GROSSE ERREUR BRAGON...

ET QUELQUES INSTANTS PLUS TARD...
ON DIT QU'UN BORAK EN RUT L'A DÉFIGURÉ !.. DEPUIS CE JOUR, IL NE FAIT PAS BON LUI PARLER DE SON VISAGE.
AH... JE LE SAURAI MAINTENANT !
ET BIENTÔT, COMME PAR ENCHANTEMENT, LA CITÉ DES GRIS-GRELETS AVAIT SURGI AU BORD DE LA GORGE C'ÉTAIT... IR-WEIG
QUELLE VUE MAGNIFIQUE !
PEU APRÈS, DANS LA CITÉ...
BRAGON, TIENS... JE SUPPOSE QUE JE N'EN AI PLUS BE-SOIN MAINTENANT...
?

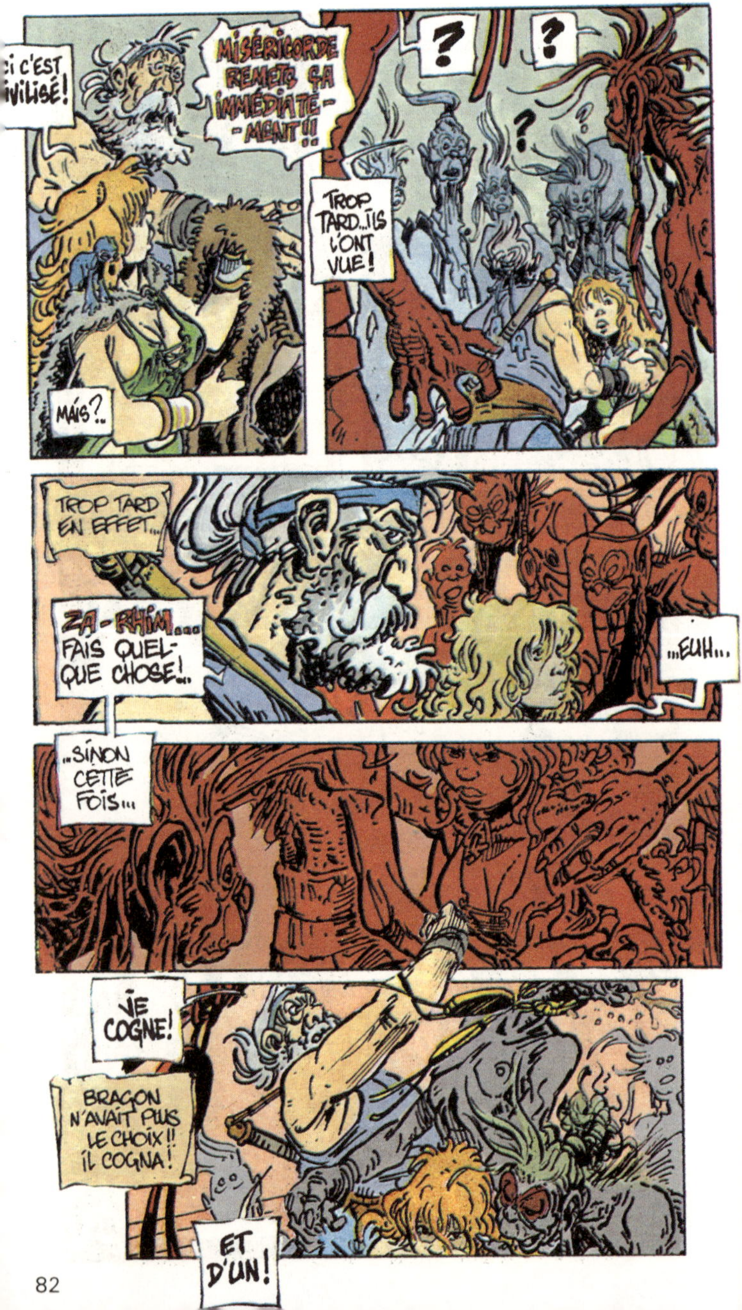

I C'EST IVILISÉ!
MISÉRICORDE REMETS ÇA IMMÉDIATE-MENT!!
MAIS?..
? ?
?
TROP TARD...ILS L'ONT VUE!
TROP TARD EN EFFET...
ZA-RHIM... FAIS QUELQUE CHOSE!..
...EUH...
..SINON CETTE FOIS...
JE COGNE!
BRAGON N'AVAIT PLUS LE CHOIX!! IL COGNA!
ET D'UN!

...ET DE SIX!
AIE!
M... MÈRE FOUDRE PRO... PROTÉGEZ-MOI!! RRH...
COCHON!
DRÜ!
...IL EN VENAIT DE PARTOUT! LA COHUE PRO-VOQUÉE PAR PÉLISSE ÉTAIT À SON COMBLE!
SOUDAIN...

QUE LA MÈRE FOUDRE VOUS BRISE!
?
SHÖÖF!!
?
MISÉRABLES! VOUS OSEZ BAFOUER LES RÈGLES SACRÉES DE L'HOSPITALITÉ DIR-WEIG!
FUYEZ! FUYEZ!
MILLE FURIES! PELISSE TU ES BLESSÉE?
...NON! MAIS QUEL EST LE FOU QUI?..
OOH... MA TÊTE!
SHAN-THUNG!
DRÜ.
AH! LE VOILÀ, LUI!.. IL ÉTAIT TEMPS! MA PATIENCE EST À BOUT!

SOUTENEZ-MOI BULROG... CETTE MAGIE M'ÉPUISE
JE SUIS LÀ PRINCE...
QUELQUES INSTANTS PLUS TARD...
QUELLE BONNE FORTUNE DE VOUS REVOIR, PRINCE... VOS INTERVENTIONS SONT TOUJOURS AUSSI FOUDROYANTES!
NOUS VIVONS DES TEMPS DIFFICILES, CHEVALIER...
BON! EH BEN MOI, JE ME RHABILLE!
LE PAYS DES SEPT MARCHES BASCULE DANS LA GUERRE... LA SAISON DES BASSES DOULEURS RETIENT NOS COMPAGNES CLOÎTRÉES ET NOUS PRIVE DE LEURS...
...CHARMES!

SOYONS FRANCS, BRAGON. ...VOTRE PULPEUSE SUI--VANTE N'A PAS SA PLACE ICI !
PÉLISSE N'EST PAS MA SUIVANTE !
HÉ, HÉ, AH OUI... ON TAQUINE LE TENDRON MAINTENANT !
LE PRISONNIER A DISPARU !!
?!
BULROG !
UN PRISONNIER !.. QUEL PRISONNIER..? DE QUI S'AGIT-IL ? RÉPONDEZ BULROG !
MH... C'EST SANS IMPORTANCE..

C'EST UN HOMME... UNE ESPÈCE DE GRINGALET QUE J'AI DÉNICHÉ DANS LA MARCHE. ...IL RÔDAIT À LA RECHERCHE DE JE NE SAIS QUOI...
!... LA CONQUE!
COMMENT ÇA... SANS IMPORTANCE!
...? J'AI PENSÉ QUE...
JE M'OFFRE TES SERVICES POUR QUE TU PROTÈGES MES FRONTIÈRES PAS POUR QUE TU PENSES!!
QUI GARDE L'ERMITAGE? SI JAMAIS...
SI JAMAIS QUOI?.. SHAN-THUNG!
...RIEN...RIEN...JE ME SUIS EMPORTÉ... LES BASSES DOULEURS ...MA MAGIE...
OUBLIEZ CELA BULROG!
MMH! ÇA VA!..

AUSSITÔT...
VOUS AUTRES, FORMEZ DES PATROUILLES ! ET QU'ON ME RAMÈNE CET ÉNERGUMÈNE
VENEZ AVEC NOUS BRAGON ! CETTE HISTOIRE VOUS CONCER--NE AUSSI ET... BIEN PLUS QUE VOUS NE LE PENSEZ !
JE NE PENSE RIEN, SHAN THUNG...
PAS ENCORE !
SI ÇA CONCERNE BRAGON, JE VIENS AUSSI
NON ! PAS DE FEMEL--LES DANS LA CITÉ !.. ET ENCORE MOINS DANS L'ERMITAGE ZA-RHIM ! QU'UNE ESCORTE LA CONDUISE IMMÉDIATEMENT DANS L'ÎLE AUX MÈRES ! J'AI DIT !
COMMENT
"FEMELLES
JE NE SUIS PAS UNE F
-MELLE, MOI
JE SUIS LA FILLE DE...

OUI. LA. FILLE DE QUI?
...
SUFFIT BULROG!
C'EST MA FILLE!
HA?
CCHOMPRIS
PÈRE!
ET TOI, FAIS CE QU'ON TE DIT!.. ASSEZ DE BÊTISES!.. COMPRIS?
ALLEZ... SUIVEZ NOUS!..
BRAGON... OÙ M'EMMÈNENT-ILS?
EN SÉCURITÉ! ET TU Y RESTES NE T'INQUIÈTE PAS. JE REVIEN--DRAI TE CHER--CHER!
IL ÉTAIT TROP TARD POUR PROTESTER!... LES ÉVÉNEMENTS SE PRÉCIPITAIENT.

PEU APRÈS, ALORS QUE PÉLISSE ÉTAIT EMMENÉE... BRAGON ARRIVAIT DANS L'ERMITAGE DE SHAN-THUNG...
MÈRE FOUDRE! LE COFFRE EST LÀ! POURVU QUE...
OUI!
?!.. LA CONQUE!
C'EST L'INSTRUMENT DE NOTRE CONQUÊTE !!
LA CONQUE ME L'A RÉVÉLÉ!.. NOUS SOMMES UN PEUPLE ÉLU!
GRÂCE À ELLE NOTRE SANG RETROUVERA SA FORCE ET, NOTRE FIERTÉ SON DROIT!

EH OUI, BRAGON!.. C'EST BIEN LA CONQUE DE RAMOR!
...MAIS C'EST AUSSI PLUS QUE ÇA!.. BIEN PLUS QUE ÇA!..
ON A DE LA CHANCE! QUAND JE PENSE AUX AUTRES QUI CAVALENT DANS TOUS LES COINS À LA RECHERCHE DE CET HOMME!..
OUAIS.... DE CETTE PETITE VERMINE D'HOMME!
ELLE?! C'EST ELLE!! AVEC DES GUERRIERS LLIRS!?
BON SANG! COMMENT LA SORTIR DE LÀ SANS ME FAIRE PINCER?
NOTRE FOI BALAIERA LES FRONTIÈRES... AKBAR NOUS APPARTIENDRA!
L'ÎLE AUX MÈRES ÉTAIT L'ENDROIT LE MIEUX PROTÉGÉ D'IR-WEIG...

J'AI PAS INTÉRÊT À RATER MON COUP!..
...ET IL N'EXISTAIT QU'UN MOYEN D'Y ACCÉDER SANS SE FAIRE REMARQUER...!
PENDANT CE TEMPS LES PORTES DE L'ÎLE AUX MÈRES S'ÉTAIENT REFER-MÉES SUR PÉLISSE...
L'ESCORTE REVENAIT SUR SES PAS...
C'EST VRAI QU'ELLE ÉTAIT PULPEUSE... N'EST-CE PAS MAÎTRE ZA-RHIM!..
MHF!!!
MAINTENANT CHOISIS BRAGON!
LE CAMP DE LA RE-BELLION... OU BIEN LA BANNIÈRE SACRÉE DE RAMOR!
CHOISIS!

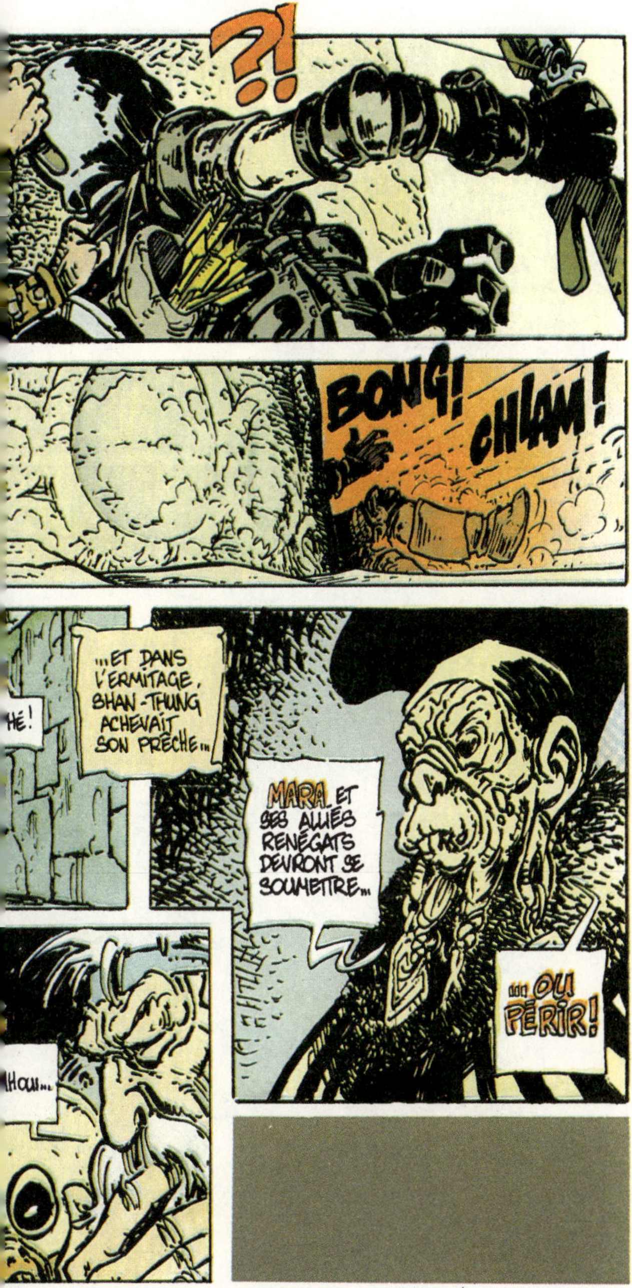
?!
BONG!
CHLAM!
...ET DANS L'ERMITAGE, SHAN-THUNG ACHEVAIT SON PRÊCHE...
HÉ!
MARA ET SES ALLIÉS RENÉGATS DEVRONT SE SOUMETTRE...
...OU PÉRIR!
HOU...

MAIS BRAGON N'AVAIT PAS PRIS LE TEMPS DE RÉFLÉCHIR...
OUK!
...CAR UNE SEULE SOLUTION S'ÉTAIT OFFERTE À LUI!
TÜB!
FAIS CE QUE TU VEUX, BRAGON, CAR, CETTE FOIS... C'EST LA DERNIÈ-RE!... JE VAIS T'ÉTRIPER!!
NOUS AVONS BESOIN DE LA CONQUE! ELLE DOIT RESTER ICI!... SANS ELLE, MARA NE PEUT RIEN TENTER CONTRE RAMOR!
RIEN!
NON BULROG!
AÏIH! MAUDIT CASQUE! J'AI DU TAPER UN PEU FORT!

!.. LA CONQUE!
UN PAS DE PLUS ET ...JE LA JETTE !!!
UI!.. ALORS UNE MEIL-RE IDÉE!..
...LA FILLE!
QU'ALLONS-NOUS DEVENIR, MON PETIT MAÎTRE? LE SAIS-TU, TOI?
DRU?

VOICI LE MAR-CHÉ, BRAGON... LA VIE DE TA FILLE CONTRE LA CONQUE!
INFECTES CARNES VOUS!...JE VOUS FERAI PAYER ÇA!!
HÉ! HÉ!.. À PAROLES FLÉTRIES, PENSÉES ROUILLÉES
AUSSITÔT, BULROG DÉPÊCHAIT UN DE SES GUERRIERS VERS L'ÎLE AUX MÈRES.
TOI! RAMÈNE-MOI LA ROUQUINE! VITE!
À CET INSTANT AU SEUIL MÊME DE L'ÎLE...
OUVREZ LES PORTES! VITE! ORDRE DE SHAN-THUNG! JE VIENS CHERCHER L'ÉTRANGÈRE!
BOOM!
BOOM
POURVU QUE ÇA MARCHE!..
MILLE FURIES!! MAIS QU'EST CE QUI M'ARRIVE! POURQUOI J'AI PRIS CETTE CONQUE! IMBÉCILE! TRIPLE IMBÉCILE!.. NOUS SOMMES À LEUR MERCI MAINTENANT!!.

LE SUBTERFUGE DE L'INCONNU AVAIT RÉUSSI, PÉLISSE ÉTAIT LIBRE !!
N'AYEZ L'AIR DE RIEN... JE ...JE SUIS UN AMI, UN HOM-ME COMME VOUS !... EUH... NE NOUS AT-TARDONS PAS !
?
UN AMI ?... MAIS... QUI ÊTES-VOUS ? OÙ EST BRAGON ?

QUI ÉTAIT LE MYSTÉRIEUX GUERRIER NOIR QUI VENAIT DE DÉLIVRER PÉLISSE ?... QUELLES ÉTAIENT SES INTENTIONS ?
PAS LE TEMPS DE VOUS EXPLIQUER !... MAIS NE VOUS INQUIÉTEZ PAS... JE SUIS LÀ POUR VOUS ... HEU ! POUR VOUS PROTÉGER !
ME PROTÉGER ?... MAIS CONTRE QUOI ?

... MALÉDICTION! ...
VITE BAISSEZ-VOUS!!
HEY! QU'EST-CE QUI VOUS PREND?
IL Y A UN... UN GUERRIER LUIR QUI ARRIVE SUR NOUS!
EN EFFET, LE MESSAGER DÉPÊCHÉ PAR BULROG VENAIT D'APPARAITRE... IL SE DIRIGEAIT DROIT SUR L'ÎLE AUX MÈRES!
ET BIENTÔT
OUVREZ LES PORTES! VITE! ORDRE DE BULROG! JE VIENS CHERCHER L'ÉTRANGÈRE!
?? ENCORE
FAUDRAIT SAVOIR CE QUE VOUS VOULEZ... ELLE VIENT DE PARTIR AVEC UN DE VOS CAMARADES EN-VOYÉ PAR SHAN-THUNG
ENVOYÉ PAR SHAN-THUNG? ... MAIS... C'EST IMPOSSIBLE!

BULROG SERA FURIEUX... LE VIEUX BARBU SEMBLE DÉJÀ L'AVOIR MIS HORS DE LUI
VOTRE AFFAIRE ÇA! DÉBROUILLEZ-VOUS!
VOUS AVEZ ENTENDU!.. BRAGON EST EN DANGER! IL FAUT L'AIDER!
OH... AVEC LA RENOMMÉE QU'IL A, VOUS SAVEZ, IL S'EN SORTIRA TRÈS BIEN TOUT SEUL!
PAS QUESTION! MOI J'Y VAIS!!
EH! ATTENDEZ!.. C'EST PEUT-ÊTRE DANGEREUX!!
RAISON DE PLUS!!
BON SANG DE BON SANG! C'EST PAS POSSIBLE... DIRE QUE JE LA TENAIS!!
EH! ATTENDEZ MOI QUOI!

CEPENDANT DANS L'ERMITAGE...
SOYEZ RAISON-NABLE, BRAGON... VOTRE FILLE A L'AIR DE BEAUCOUP TE-NIR À VOUS...
IL SERAIT REGRETTABLE QU'IL LUI ARRIVE UN MALHEUR...
RESTEZ OÙ VOUS ÊTES!
...INUTILE, PRINCE! IL NE CÉDERA QUE LORSQU'IL VER-RA SA GAMINE...
... ÉCRASÉE SUR MA COUCHE! HA! HA!
BULROG! BULROG!
LA FILLE A DISPARU! ON L'A ENLEVÉE SUR L'ORDRE DE SHAN-THUNG!
? QUOI!..
?!
SANG NOIR! À QUEL JEU JOUEZ-VOUS SHAN-THUNG?
? ODO DISPARUE?
LÂCHEZ-MOI. BULROG! VOU ...VOUS ÊTES FOU! JE N'AI JAMAIS DONN CET ORDRE!!
C'EST LE MOMENT OÙ...

JAMAIS!
AAAH!
TÛB!
!?
HALTE!
ARRIÈRE, CUL DE PLOMB!
SPÖ
MALHEUR DE MALHEUR!.. TOUT S'EMBROUILLE!.. LA QUÊTE!.. LA CONQUE!.. ET PÉLISSE! COMMENT LA RETROUVER?..
AU MÊME INSTANT, DANS LA BASSE VILLE...
ALLONS DÉPÊCHEZ-VOUS!.. QUE CRAI-GNEZ-VOUS?.. DÉGUISÉ COMME VOUS L'ÊTES, VOUS ÊTES MA MEILLEURE PROTECTION, NON!
HEU...OUI ...B...BIEN SÛR... J'ARRIVE.
...ET QUI ME PROTÉGERA MOI?..

AEY!
UNE SEULE ISSUE ... LE PORT !! C'EST LÀ QU'EL-LE DOIT SE TROUVER !
MAIS DÉJÀ L'ALERTE ÉTAIT DONNÉE ...
BOUO
VOUS AUTRES, AVEC MOI !! IL NE DOIT PAS SORTIR DE LA CITÉ !
LA CONQUE BULROG !.. ARRACHEZ-LUI LA CONQUE !
BOUOUOOUUOOO
PLACE !
STO!
PÉLISSE ET L'INCONNU MONTAIENT VERS L'ERMITAGE.
QU'EST CE QUI SE PASSE ?
ET, ALORS QUE BRAGON SE FRAYAIT UN CHE-MIN DIFFICILE VERS LE PORT...
SAIS PAS ! ALLONS VOIR !

STOOP!
DES GUERRIERS
LLIRS! VITE, NE
RESTONS PAS À
DÉCOUVERT!
?!
ÇA VENAIT DE LÀ-HAUT!!
SI C'EST ENCORE UN COUP DE L'ÉVADÉ, ON LE REPÉRERA FACILEMENT... IL PORTE L'UNIFORME D'ULRAK
PARFAIT! ON LUI FERA UN JOLI TROU DEDANS!
VOUS AVIEZ RAISON DE VOUS MÉFIER CHER INCONNU... VOUS ÊTES BEL ET BIEN REPÉRÉ...

MAIS OÙ EST-IL PASSÉ ?..
JE SUGGÈRE QUE... ?
AU MÊME INSTANT, NON LOIN DE LÀ...
LÀ! LE VOILÀ!
VITE! SÉPARONS-NOUS! IL FAUT LE CERNER AVANT QU'IL N'ARRIVE AU PORT!
?

OULA! ÇA TOURNE MAL! JE SUIS FICHU! ILS VEULENT MA PEAU!.. VITE! ME CACHER!
38
QUE LES GRIS-GRELETS ASSENT PAR ES RUELLES
ET N'OUBLIEZ PAS!!. JE LE VEUX VIVANT!!
MALEDICTION!! BULROG EST EN TRAIN DE ME RATTRAPER!.. ET QUELQUE CHOSE ME DIT QUE JE N'AI PAS INTERET À TOMBER ENTRE SES PATTES!!
TANT PIS POUR MON HONNEUR! JE FONCE!

?!
HEY !
LA CONQUE !
VITE ! RÉCUPÉRER LA CONQUE AVANT QU'ILS NE... ! SANG ET FUMÉE ! LES VOILÀ !
?
QU'EST-CE QUE C'EST QUE ÇA ?

?... D'OÙ SORT-IL CELUI-LÀ?.. EH! TOI DONNE-MOI ÇA!!
?!
RAGON!
TU M'ENTENDS! NE M'OBLIGE PAS À TE TUER!!
M... MAIS...
HEEE... ATTENDEZ! ..CE... C'EST UNE ERREUR!
39
ULRAK ARRÊTE-LE!
JE... JE NE SUIS PAS CELUI QUE VOUS CROYEZ!
NON... NON, JE SUIS UN AMI... TE... TENEZ, REPRENEZ VOTRE COQUILLAGE!

C'EST MOI QUI AI DÉLIVRÉ PÉLISSE !!..
OUMF!
? PÉLISSE!
OÙ EST-ELLE? RÉPONDS!
ABANDONNÉE PAR L'IN-CONNU, PÉLISSE AVAIT POURSUIVI SON CHEMIN.. LES CRIS DE LA MEUTE L'ARRÊTÈRENT À TEMPS...
...QUE SE PASSE T-IL ? OH ! BULROG ! ET SES GUERRIERS LLIRS !.. ON DIRAIT QU'ILS POURSUI-VENT... HORREUR! LÀ.. BRAGON! ET MON IN-CONNU!
MAIS QUE FAIT CET IMBÉCILE! POUR-QUOI N'ARRÊTE-T-IL PAS BRAGON?
CE N'EST PAS ULRAK, BULROG! C'EST LE PRISON-NIER ÉVADÉ!

C'ÉTAIT DONC ÇA!..IL AVAIT DISPARU POUR AIDER BRAGON! QUEL COURAGE!
MAINTENANT C'EST À MOI DE LES SORTIR DE LÀ!..
ET PAR N'IMPORTE QUEL MOYEN!
MAIS BRAGON AVAIT LUI AUSSI PRIS SA DÉCISION...
C'EST LE MOMENT, PETIT!.. PRENDS CETTE MAUDITE CONQUE ET RETROUVE PÉLISSE... ELLE TE DIRA QUOI EN FAIRE!
ET N'OUBLIE PAS SURTOUT! LE SORT D'AKBAR EST ENTRE TES MAINS!
AKBAR...OUI ...BIEN-SÛR... MAIS... ET VOUS?
MOI...JE LES RETIENS!!
C'EST ÇA!..EH BIEN PÉLISSE OU NON, MOI JE DISPA-RAIS! VU!
NOOON!!! C'EST PAS VRAI!!
BRA... BRAGON!!

YAAAÏÏIYYAAAA
IL ÉTAIT TROP TARD... LES GUERRIERS NOIRS ET LES GRIS-GRELETS JAILLISSAIENT DE CHAQUE RUELLE...
ÇA Y EST ON LES TIENT !!
!.. MALEDIC-TION !! ILS SONT PARTOUT !
LES... LES. GRETS-GRE-LIS ! LÀ... LÀ !
BLOQUEZ TOUTES LES ISSUES !
BRAGON ET L'INCONNU ÉTAIENT CERNÉS !
PERDU ...JE SUIS PERDU !
PRÉPARE-TOI À COMBATTRE PETIT !
NON !! QUE PER-SONNE NE BOUGE ! IL EST À MOI !

OMENT DE ÉRITÉ OÙ OUT S'INCLI- E...
MA FAUCHEUSE ACCUEILLERA LES ÉTOURDIS !
ÇA PROMET...!
TRÈS JOLI, BRAGON... MAIS TES DISCOURS NE M'IMPRESSION- -NENT PLUS...
GARDE ON VIEUX AÎTRE !
J'AI ICI QUEL- -QUES LEÇONS À TE RENDRE !
PASSE MOI LA CONQUE PETIT...
VRAIMENT..!
EH BIEN, IL Y EN A ENCORE UNE AUJOUR- -D'HUI QUE TU VAS POUVOIR COUCHER SUR TES TABLETTES.
!? EH !
ATTRAPE ÇA, GUEULE D'AMOUR !
LA CONQUE AVAIT DÉCONTENANCÉ BULROG... MAIS MOINS QUE LE COUP QUI SUIVIT AUSSITÔT...

ET ÇA!!
LA STUPEUR AVAIT FIGÉ LES RANGS DES GUERRIERS LURS ...LES GRIS-GRELETS HÉSITAIENT ENCORE ...SOUDAIN, UNE VOIX S'ÉLEVA...
PAS DE MERCI!.. QUE LES GRIS-GRELETS ACHÈVENT CE QUI EST COMMENCÉ!
JETEZ VOS ARMES TOUS! ..OU JE LUI ÉCLATE LA TÊTE!
RAMASSE LA CONQUE PETIT... VITE!
LA CURÉE ALLAIT COMMENCER!...SEULE PÉLISSE POUVAIT ENCORE INTER-VENIR!...
LA CONQUE! ILS ONT LA CONQUE!

C'EST LE MOMENT DE MONTRER À AKBAR CE QUE VAUT PÉLISSE! COURAGE!
C'ÉTAIT LA FIN! BRAGON ET L'INCONNU ÉTAIENT CERNÉS PAR LES GRIS GREULETS... IL NE RESTAIT PLUS QU'UNE SEULE SOLUTION...
PROTÈGE LA CONQUE AVEC ÇA, PETIT... CETTE FOIS... C'EST LA BONNE!
YAAA... CRÈVE!
OUK!

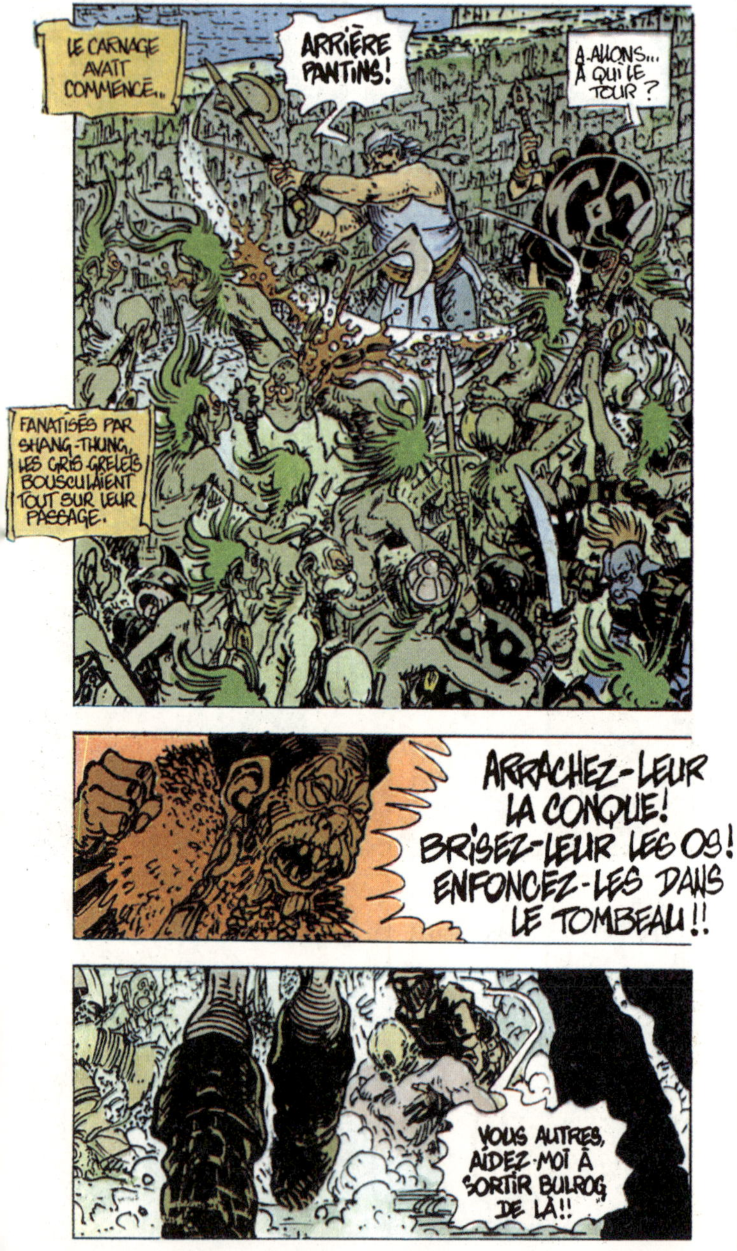
LE CARNAGE AVAIT COMMENCÉ...
ARRIÈRE PANTINS!
A-ALLONS... À QUI LE TOUR?
FANATISÉS PAR SHANG-THUNG, LES GRIS-GRELETS BOUSCULAIENT TOUT SUR LEUR PASSAGE.
ARRACHEZ-LEUR LA CONQUE! BRISEZ-LEUR LES OS! ENFONCEZ-LES DANS LE TOMBEAU!!
VOUS AUTRES, AIDEZ-MOI À SORTIR BULROG DE LÀ!!

DÉJÀ, LES DEUX HOMMES VACIL-LAIENT SOUS LE NOMBRE... LA VIOLENCE ÉTAIT À SON COMBLE... QUAND SOUDAIN!
HONTE SUR VOUS!
JE VOUS CROYAIS UN PEUPLE DIGNE ET FIER! ET VOUS VOUS Y PRENEZ À PLUS DE CENT POUR AFFRONTER LES DEUX SEULS VRAIS BRAVES D'AKBAR!
ARRÊTEZ GRIS-GRELETS!
!
LA FILLE!
PÉLISSE!
MAUDITS! VOUS VOULEZ UNE VICTIME... EH BIEN... SOIT...
DRÜ!

ME VOICI !
PAR LES CROCS DU BORAK! CETTE GAMINE EST EN TRAIN DE ME DONNER LA PLUS BELLE LEÇON DE COURA-GE QUE... QUE J'AI JAMAIS VUE !
?! OÙ EST-ELLE ?.. JE VOIS RIEN...
UN ÉNORME SILENCE S'ÉTAIT ABATTU SUR LES COMBATTANTS.

ACCROCHE-TOI BIEN, FOURREUX ...MON PLAN FAIT SON EFFET !!.

PERDONS PAS DE TEMPS, PETIT... IL FAUT SORTIR D'ICI PENDANT QUE LA VOIE SE LIBÈRE.
HEU... OUI BIEN SÛR MAIS... PÉLISSE?
ELLE SAIT CE QU'ELLE FAIT... MAINTENANT À NOUS DE JOUER!..
PUIS SOUDAIN TOUT S'ÉTAIT BRISÉ!... LES GRIS-GRELETS SE RUAIENT EN MASSE VERS LA JEUNE FEMME.
C'EST PARTI!
RAAH CES SEINS!
JE LA VEUX!
ELLE EST POUR MOI!!

NON!.. SOUVIENS TOI! BULROG LE VEUT VIVANT!
SOUDAIN...
TU T'ES EMPARÉ DE LA CONQUE ET AS VAINCU BULROG
ET AVEC CETTE FEMELLE TU ÉCHAPPES MAIN-TENANT À MES GRIS-GRELETS!..
! BRAGON! LÀ!.. LE GLAIVE!
VU!.. NOTRE DERNIER ESPOIR!..
MEURS!

SAUTE, PÉLISSE !
!?
TA COURSE S'ARRÊTE ICI, CHEVALIER !!
C'EN EST TROP BRAGON !
DÉSOLÉ, SHAN-THUNG !
HAN !

SHAN-THUNG ÉTAIT MORTELLEMENT ATTEINT... DÉJÀ SA MAGIE LUI ÉCHAPPAIT.
AAH!
LA MÈRE-FOUDRE EST LIBÉRÉE NOUS SOMMES PERDUS!
ET PEU APRÈS, PROFITANT
DE LA PANIQUE PROVO-
-QUÉE PAR LA MÈRE-FOU-
-DRE, UNE FRAGILE
EMBARCATION S'ÉCHAP-
-PAIT D'IR-WEIG...

LA MÈRE-FOUDRE ÉTAIT PRIVÉE DE TOUT CONTRÔLE!.. ELLE DÉFERLA SOUDAIN DANS UNE UL-TIME APOTHÉOSE DE FOUDRE ET DE PIERRES
NE RESTONS PAS ICI!! FUYONS!
...AU PORT.
LA-BAS, DES EMBAR-CATIONS!
44

ELLE LAISSAIT DERRIÈRE ELLE... DANS SON SILLAGE...
...UNE CITÉ À FEU ET À SANG.
UN PRINCE-SORCIER MORT
PORTÉE PAR LE FLEUVE DOL, LA CONQUE DE RAMOR REJOIGNAIT LENTE-MENT LA MARCHE DE MARA

À SON BORD, UNE TRIADE DE HÉROS FORMAIT L'ÉQUIPAGE...
...ET UN GUERRIER LLIR IVRE DE VENGEANCE.
JE TE RETROUVERAI, BRAGON !
...AINSI S'ACHEVAIT LA PREMIÈRE ÉPREUVE DE LA QUÊTE DE L'OISEAU DU TEMPS.
45

VOILÀ, C'EST PRÊT... QUI EN VEUT ?.. TON MYSTÉRIEUX BESTIAU, PEUT-ÊTRE... HM?
TU ENTENDS, FOURREUX... IL FAUDRA BIEN QU'UN JOUR TU MONTRES À BRAGON TES "TERRIBLES" POUVOIRS!
HEIN, QU'EN DIS-TU?
FROT! FROT!
FAIM! MOI! AAAH...
BAH, GARDE TES SECRETS, PÉLISSE. JE SUIS SÛR QUE NOTRE HARDI COMPAGNON, LUI, NE FERA PAS AUTANT DE MANIÈRES... ALLONS, QUI ES-TU, GRAINE DE CHEVALIER ?..
BEN... VOUS ALLEZ ÊTRE SURPRIS.
OH, NON... GARDEZ VOTRE CASQUE, JE VOUS EN PRIE... C'EST AINSI QUE JE VOUS PRÉFÈRE... BEAU... SÉDUISANT ...VIRIL, PEUT-ÊTRE !..
...ET PUIS, COMME ÇA, VOUS SEREZ TOUJOURS MON INCONNU!..
...MAIS, MAIS...
...ALORS D'ACCORD ?
...OUI... OUIOUI!.. DA...DA... D'ACCORD! GLOUP!
PÉLISSE! MAUDITE GAMINE... CRUNCH.. CHE GARCHON VA FINIR PAR MARINER DANS CHA GAMELLE... GLOUP!.. LAISSE-LE DONC MANGER...

NON, NON... JE N'AI PLUS FAIM ...JE VOUS ASSURE...
NE FAITES PAS ATTENTION À LUI... C'EST UN JALOUX !
N'EST-CE PAS... PAPA ?...
COMME À L'ACCOUTUMÉE, LES LUNES D'AKBAR INONDAIENT LE CIEL DE LEUR LUEUR JAUNE.
ALLEZ, ON REPART...
NOUS DEVONS ÊTRE CHEZ MARA À L'AUBE.
... AH, CES FEMMES... TOUTES LES MÊMES !..

IL NE RESTAIT QUE HUIT JOURS AVANT LA NUIT DE LA SAISON CHANGEANTE.

ET GARDE LE CAP... HÉROS
OUF!
SCENARIO LETENDRE
DESSIN LOISEL
COULEURS . YVES LENCOT.
FIN DE L'ÉPISODE.

PARUS

LUCKY LUKE - AVENTURES DANS L'OUEST - Morris-Goscinny - 7001
ACHILLE TALON - LE MYSTÈRE DE L'HOMME A DEUX TÊTES - Greg - 7002
BLAKE ET MORTIMER - LE SECRET DE L'ESPADON 1 - Jacobs - 7003
SNOOPY - REVIENS SNOOPY - Schulz - 7004
BLUEBERRY - LA MINE DE L'ALLEMAND PERDU - Giraud-Charlier - 7005
RUBRIQUE A BRAC - TOME 1 - Gotlib - 7006
TANGUY ET LAVERDURE - LES ANGES NOIRS - Jije-Charlier - 7007
VALÉRIAN - LA CITÉ DES EAUX MOUVANTES - Mézières-Christin - 7008
BOULE ET BILL - LES GAGS DE BOULE ET BILL 1 - Roba - 7009
LA QUÊTE DE L'OISEAU DU TEMPS - LA CONQUE DE RAMOR - Loisel-Letendre - 7010
PARTIE DE CHASSE - Bilal-Christin - 7011
LÉONARD - LÉONARD EST TOUJOURS UN GÉNIE - Turk-De Groot - 7012

A PARAÎTRE

BLAKE ET MORTIMER - LE SECRET DE L'ESPADON 2 - Jacobs
BLUEBERRY - LE SPECTRE AUX BALLES D'OR - Giraud-Charlier
IZNOGOUD - LE GRAND VIZIR IZNOGOUD - Tabary-Goscinny
ACHILLE TALON - LE QUADRUMANE OPTIMISTE - Greg

POCKET B.D.

EDITIONS PRESSES POCKET
8, rue Garancière 75285 Paris Cedex 06
Tél. (1) 46.34.12.80

Imprimé par Ouest Impressions Oberthur
35000 RENNES